Das Loch

oder

Das Wiedergefundene Paradies

Ludwig Achim von Arnim

Herausgeber: Culturea (34, Hérault)
Druck: BOD - In de Tarpen 42, Norderstedt (Deutschland)
Website: http://culturea.fr
Kontakt: infos@culturea.fr
ISBN:9791041948956
Veröffentlichungsdatum: FEBRUAR 2023
Layout und Design: https://reedsy.com/
Dieses Buch wurde mit der Schriftart Bauer Bodoni gesetzt.
ER WIRT MIR GEBEN

Ein Schattenspiel

Schatten

Dichter.

Kaiser vom Rhabarberlande.

Kaiserin, dessen Frau.

Kasper, sein Rath.

Volk und Thiere im Rhabarberlande.

Ritter von der runden Tafel.

Dessen Matrosen.

Der Teufel.

Prolog des Schattendichters

Euch Aktionärs vom neuen Schauspielhaus,
Entbiet ich meinen besten Grus voraus,
Ich schwör es euch, ihr lebet viel bequemer
Als Ich, der dieses Baues Unternehmer!
Wer Geld gegeben, meint, er hab das Recht,
Daß er das Ganze finde gar zu schlecht;
Ich hör viel Tadel, niemand will recht loben,
So geht es mir, wie unserm Herrn da droben.
Der eine meint, ich hab das Oel gespart,
Nach der bekannten Stadtbeleuchtungsart,
Der andre meint, die Malerperspective
Verliere sich beinahe in das Schiefe,
Der dritte meint in diesem Augenblick,
In Gesten hätte ich noch kein Geschick,
Auch sollte ich noch mehr Register ziehen
In dem deklamatorischen Bemühen. –
Bei Licht besehn, wird's keinem recht gemacht,
Doch traulich waltet über euch jetzt Nacht,
Ihr seht nicht mehr, als ich will sehen lassen,
Wollt ihr was hören, müßt ihr auf mich passen,
Denn keiner ist von euch so vorbereitet
Daß er aus'm Stegereif mein Stück bestreitet.
Doch wenn es euch mißfällt, ihr könnet schlafen,
Ihr könnet schwatzen, niemand kann euch strafen,
Die Nacht ist Feindin aller Policey,
Die Welt wird Chaos und der Mensch wird frei.
Zwar ist der Raum nur eng, den wir regieren,
Wenn uns kein Licht zu ferner Welt will führen,
Die Nacht ist ohne alle Offenbarung,
Sie hat zu ihrem Tröste die Erfahrung
Im engen Raum, den unser Blut durchschwärmt,
Den unsre Haut umspannt, und Athem wärmt
Wo Töne sind die einzigen Gestalten,
Die ungeschwächt von aussen in uns walten,
Wenn die Erinnerung von allem Leben
Will in verzerrten Bildern schon verschweben. –
– Die Kinder schreien in der Dunkelheit,
Verständge sehnen sich nach Freudigkeit,
Und sehnen sich wohl gar nach jenen Schatten,
Die sie am Tage übersehen hatten,
Die den bewegten Umriß deutlich zeigen

Von allem Lebenden, was uns einst lieb,
Was in der Phantasie verwischt und trüb,
Beseelte Bilder, die, obwohl schon eigen
Der Unterwelt, doch an des Lichtes Grenzen
Sich noch mit seiner Heiterkeit bekränzen,
– So ward einst Nachts das Schattenspiel erfunden
Von Liebenden, die sich getrennt befunden,
Die Liebe gönnte diese Kunst im Scheiden
Als sie erfand den Schattenriß zu schneiden,
Der Liebe hat es Scherz bald nachgemacht,
Und spricht zu euch in dieser Winternacht:
Dies Geisterreich, es sey euch aufgethan,
Es bricht die Kunst sich heute neue Bahn
In einem Haus, von Pappe auferbaut,
Personen h i n t e r Dekorationen schaut.
Wer sind die Schatten, kennt ihr sie noch nicht?
Erkennt sie doch am Umriß vom Gesicht! –
– Da die Gebildeten mit nichts zufrieden,
Da sie an allen Künsten schon ermüden,
Und da das alte Schauspielhaus verdorben,
Die alten Schauspielleut aus Gram gestorben
Um die Kritik, die sie so stolz verlacht,
So steigen ihre Schatten aus der Nacht,
Sie wollen sich vor euch noch einmal zeigen,
Sie bleiben euch im Schattenreich noch eigen,
Es war ihr einzger Trost im ewgen Leben,
Daß ihnen Kritiker heut Beifall geben;
Brecht eures Witzes scharfe Spitzen ab,
Gedenkt, daß niemand steiget aus dem Grab
Gelenkig, zierlich, wie er einst im Leben
Die Arme und die Beine konnte heben;
Einseitig auch sind Schatten, wie bekannt,
Ihr Ansehn wechselt bei des Lichtes Stand,
Auch wird zuweilen sichtbar jene Hand,
Die sie auf Erden hat zu euch gesandt. –
Wems nicht behagt, der komm zu mir herauf,
Denn wie ihr seht, ich bin ein Schatten auch,
Verbessert mich in meiner Verse Lauf,
Und meinen Beinen gebet bessern Brauch,
Die Ehre gebe ich der Lust in Kauf,
Hier oben könnte mir noch mancher helfen,
Doch müßte er hier heulen mit den Wölfen,
Und mit dem Eselein das Ja schrein,
Und sich mit kindschem Spiele noch erfreuen.
Des Spieles Name schon bedeutsam ist,
Es heißt das Loch, weil, wie ihr alle wißt,
Das Loch ein körperlicher Schatten ist,

Ein Nichts, das durch die Grenze nur gemessen,
Im Lichte ganz und gar vielleicht vergessen,
Auch heist's das n e u g e f u n d n e   P a r a d i e s ,
Weil man vom Schauspielhaus so viel verhieß,
Doch Rom ward nicht in einem Tag erbaut,
Und dieser Tag hat dieses Haus gebaut,
Und diese Dekorazion mit Tusch gemalt,
Die jetzt auf meinen Wink zu euch hinstrahlt.
Seht hier das Kaiserschloß, den hohen Thron,
Die Regierungsmaschine steht nicht weit davon,
Auf diesem Thurm, da wohnt die Kaiserin
In jungfräulichem, sehr betrübtem Sinn,
An einen Ritter denket sie im Stillen,
Dem sie entrissen ward durch Vaters Willen,
Die See ist offen und ein Schiff kommt bald.
Da hinten ist der grün belaubte Wald,
Doch höre ich da unten ein Gemunkel,
Die Farbe dieses Walds sey etwas dunkel:
Sprecht nicht von Farben mir, dem armen Blinden,
Verlangt nicht mehr, als was ihr könnet finden.

Erster Aufzug

I.

Kaiser und Kaiserin.

KAISER.
Nicht wahr, es sitzt sich gut auf dem Thron?

KAISERIN.
Ich sitze nicht gern, das wißt ihr schon,
Tanzen und Springen war mein Entzücken,
Das Regieren will mich gar nicht beglücken.

KAISER.
Ja, liebes Kind, man muß sich genieren,
Wann man die ganze Welt will regieren,
Es ist kein Spas, es fordert Knochen.

KAISERIN.
So ward mir noch nie vom Regieren gesprochen.

KAISER.
Du kennst auch noch nicht die schwersten Pflichten,
Du kennst bis jetzt nur die lustgen Geschichten,
Wie einer den andern läßt köpfen und schinden,
Die Städte verbrennt, den Krieg zu verkünden,
Ja wäre es damit abgethan,
Da wäre gar mancher ein großer Mann,
Doch dann kommt erst das Gesetzegeben,
Das greifet dem Klügsten in das Leben.
Wenn du in deiner Kammer verschlossen,
Da wird die Regierungsmaschine gestoßen,
Wie mancher Tropfen Schweiß wird vergossen,
Bis wir die Gesetze herausgestoßen.

KAISERIN.
Kann ich euch bei der Arbeit nicht nützen,
Fast fürchte ich mich, hier zu versitzen,
Bewegung kann die Gesundheit schützen.

KAISER.
Kein Weib hat die Kraft und den hohen Muth,

Der die Gesetze recht greifen thut,
Oft muß ich ganze Tage drauf lauern,
Und dann will wenig Minuten nur dauern
Die Kraft der hohen Begeisterung:
Sie kommt, sie kommt, entfliehe im Sprung.

KAISERIN.
Ich ziehe mich willig zurück in die Kammer,
Doch endet, o Kaiser, des Herzens Jammer,
Gedenket, wie langsam die Tage verfließen,
Ach, soll ich in Einsamkeit immer büßen!

KAISER.
Was kannst du verlangen, was kannst du vermissen,
Geh schlafen auf deinen sammtenen Kissen,
Und Kasper soll mir heut Spässe aufschreiben,
Womit ich dir kann die Zeit vertreiben.

KAISERIN.
Ich möchte auch gerne ins Freie gehen,
Die Ritter der Tafelrunde besehen.

KAISER.
Das schicket sich nicht in glücklichen Ehen.
Flugs steige die Treppe zu deinem Thurm.

KAISERIN.
Ich arme Prinzessin, ich armer Wurm.

Er führt sie zur Treppe und schließt sie ein.

II.

KAISER.

He Kasper, Tintenklecker, seyd ihr noch nicht fertig.

KASPER *kommt.*

Ich bin des kaiserlichen Worts gewärtig.

KAISER.

So schieb die Regierungsmaschine herbei,
Ich fühle in mir Begeisterung,
Die macht mich wieder in Freuden jung.

KASPER *schiebt sie herbei.*

Die Räder machen ein wenig Geschrei.

KAISER.

Ihr müsset die Räder ein wenig schmieren.

KASPER.

Das nennen wir dann das Regeneriren,
Das Fett, das geben die Unterthanen,
Die Verarmten stecken wir unter die Fahnen,
Die müssen für's Vaterland billig bluten.

KAISER.

Das Sterben erfreuet alle Guten.

KASPER.

Nun steht die Maschine uns eben recht,
Hier sind die Würfel, sie fallen nicht schlecht,
Sie zeigen uns eben recht viele Augen,
Da werden die Gesetze zur Aufsicht taugen,
Wie alle Steuern rasch einzutreiben,
Daß kein Kreuzer in der Tasche kann bleiben.
Was wollen wir diesmal die Leut' überraschen.

KAISER.

Es füllt uns der Geist der Zeit die Taschen.

KASPER.

Es ist eine ganz besondre Laune,
So gute Gesetze bricht man nicht vom Zaune.

KAISER.

Nummer neune ist eben der Würfel gefallen.

KASPER.

Da steht ein herrlich Gesetz vor allen:
Jede Lichtputz ein für allemal
Einen Blaffert zu der Taxe bezahl.
Aber Herr, wer nun putzt das Licht mit den Fingern,
Da wird sich die Einnahme schmälig verringern.

KAISER.

Finger? Die sollen auch wie Lichtputze bezahlen,
Wir stempeln ein jedes Paar Finger mit Zahlen,
Und setzen jedem einen Aufseher dabei,
Daß im Gebrauche auch Ordnung sey,
Daß kein Paar früher wird abgenutzt,
Und daß das Volk nicht der Ordnung trutzt,
Und über den Aufseher setzen wir zwei,
Damit er thut seine Pflicht dabei.

KASPER.

Da können wir viele Leute anstellen,
Da nehm ich von meinen guten Gesellen,
Von meinen alten Schulkammeraden,
Die kommen mir sonst in Faulheit zu Schaden,
Das Stempeln wird etwas den Fingern schmerzen,
Doch gute Bürger die leiden von Herzen,
Und wir im Dienste des Staats sind frei,
So ist es mir eben ganz einerlei.

KAISER.

Du bist ein zweiter Solon, welch Glück,
Daß du mir geschenkt durch hohes Geschick,
Jetzt wollen wir die Gesetze aufschreiben.

Während sie sich da hinsetzen, tritt die Kaiserin ans Fenster des Thurms und sieht aufs
Meer nach den Schiffen, die vorüberziehn.

KAISERIN.
>Winkt mir nicht, ihr flüchtgen Schiffe,
>Winkt mir nicht, ihr leichten Wellen,
>Hier an diesem Felsenriffe
>Seh ich täglich euch zerschellen,
>Kann mich nicht euch anvertrauen,
>Mich, die ärmste aller Frauen.
>In dem Herzen wohnt ein Hoffen,
>Daß Er mich noch nicht vergessen,
>Reicher Liebe steh ich offen,
>Träumend hab ich Ihn besessen,
>Wellen rauscht bei meinen Träumen,
>Möchte diesen Tag versäumen.

DER RITTER *legt unter dem Felsen, worauf das Schloß erbaut ist, unbemerkt sein Schiff an und steigt ans Land.*
>Gefährten, haltet euch ganz still in dieser Bucht,
>Daß ihr bereit zur Gegenwehr und Flucht.
>So führte mich die Liebe zum Rhabarberschloß,
>O Mißgeschick – mich trifft dein ganz Geschoß,
>Du triebst mich erst zu der Hypekakuana,
>Bis ich dies gelbbraun widerliche Schloß ersah,
>Und hier muß sie, die Zarte aller Zarten, wohnen,
>So schrecklich will sich Edelmuth belohnen!
>Die Edle opferte sich ihrem Landeswohl,
>Und der Rhabarberkaiser sie der Liebe stohl;
>Rhabarberkaiser, ärger als Barbar,
>Sie ist nun dein, schon länger als ein Jahr.
>Ach war sie glücklich, mit Vergnügen
>Wollt ich verzweifeln, doch in Handschriftszügen,
>Die sie posttäglich in das Vaterhaus gesandt,
>Hab' ich die Beimischung von Thränen wohl erkannt,
>Die Tinte war so blaß und keiner konnte lesen,
>Obs Griechisch oder Deutsch gewesen.
>Ihr Götter, wie geschieht mir, ach dort steht
>Die Sonn', von der mein Auge übergeht,
>Sie übersieht die Wonne ihrer Liebe,
>Und blendet sich in höhrer Sonne trübe.

KAISERIN *erblickt ihn und bat die letzten Worte gehört.*
>Vergebens meiner Blicke Blüthe
>Sich opfert hohem Sonnenlauf,
>Ich schmachte einsam im Gemüthe,

Geht aller Welt mein Glanzbild auf,
Und ist mein Auge ganz geblendet,
Verschwand die Erd' in Strahlenduft,
Da hat mein Sehnen sich gewendet
Zu eines Schäfers Schattenkluft.

RITTER.

Du schwankst in einsam tiefen Schmerzen,
Und Schwindel stürzen meinen Blick,
O neige dich zu meinem Herzen,
Du findest hier ein sichres Glück,
Das alte Glück in frühen Tagen,
Der Kindheit holde Schäferwelt,
Eh du, vor allen hochzuragen,
Auf einen hohen Thron gestellt.

KAISERIN.

Wo sind die weißen Lämmerheerden
Mit bunten Bändern schön geschmückt,
Ein goldner Kerker sollt mir werden,
Ein Scepter, der mich niederdrückt,
Und eine Krone muß ich tragen,
Die beugt mein Haupt noch vor der Zeit,
Wenn du, mein Schäfer, nichts willst wagen,
Wenn mich dein Muth nicht bald befreit.

RITTER.

O meine Kaiserin, ich bin bereit,
Zu großer That, doch ohne Krieg und Streit,
Denn dazu bin ich gar nicht ausgerüstet,
Wenn mir gleich sehr nach Heldenruhm gelüstet.

KAISERIN. Ja wenn du keine besondre Heldenkraft hast, werther Freund, so kann das viele Hin- und Herreden nichts helfen und du mußt meinem Rathe folgsam seyn, den ich dir in aller Kürze mittheilen will. Mein Gemahl, dem ich nicht vermählt bin, weil er mit der Regierungsmaschine Tag und Nacht spielt und keine Zeit zur Vermählungsfeier übrig hat, braucht einen Thürsteher, erbiete dich zu diesem Dienste, baue dir eine Hütte unter diesem Thurme, breche ein Loch durch die Mauer, so kann ich zu dir herabkommen und mit dir zu den Schäfern nach Arcadien entfliehen, um auf mein Grabmahl schreiben zu lassen: Auch ich war in Arcadien.

RITTER.

Von Eifersflammen muß ich brennen,
Ich möchte Mauern und Thürme einrennen,
Dich meiner Liebe zu gewinnen,
Es schickt sich gar nicht das Besinnen.
                    Er klopft an die Thür.

IV.

KAISER *von innen.*
> Wer klopft? Wer ist vorm Schloß erschienen?

RITTER.
> Ich möchte dem Kaiser gerne dienen.

KAISER.
> Es fehlet mir nicht an gutem Gesinde.

RITTER.
> Doch da ich keinen Thorsteher finde,
> So mein ich, es könnte der Platz mir passen.

KAISER.
> Wird er auch keine Feinde einlassen?

RITTER.
> Ich bin ein Ritter von altem Adel,
> Ich bin der Ritter ohne Furcht und Tadel,
> Ich bin ein Ritter von der Tafelrund.

KAISER.
> Da ist ihm Essen und Trinken gesund.
> Es ist mir lieb, ich kann ihn brauchen,
> Wenn er keinen Taback will rauchen.

RITTER.
> Ade, geliebte Pfeife, ich werf dich ins Meer,
> Meinem Kaiser zu Ehren, rauch ich nicht mehr.

KAISER.
> Nun wird er mir ganz zum Thürsteher taugen,
> Er hat ein paar große gesunde Augen.
> Er kann sich gleich hier ein Wachthaus bauen,
> Daß er die Straße kann fleißig beschauen.

RITTER.
> Wo aber soll ich einen Maurer finden?

KAISER.

Der Kasper ist Maurer vom reinsten System,
Läßt Kalk sich bezahlen und nimmt nur den Lehm.
Die Steine könnt ihr vom Felsen brechen,
Ein altes Dach kann ich euch versprechen,
Der Wald steht voll Bäume in Morgengefühlen,
Draus könnet ihr schneiden Balken und Dielen,
He Kasper, bind deine Schürze mit dem blauen Bande um,
Was machst du für Zeichen und stehst da so stumm.

KASPER *bringt ein Glas und klopft damit auf den Tisch, drückt dem Ritter die Hand,
macht seltsame Sprünge, dann spricht er zum Kaiser.*

Er ist kein Maurer, ich wollte drauf schwören,
Er will mir auf alle meine Zeichen nicht hören.

KAISER.

Laß deine Sprünge und deine Zeichen.
Du mußt hier Steine und Holz ihm reichen,
Du mußt ihm helfen ein Häuschen bauen,
Damit er kann auf die Straße schauen.

Ab.

RITTER.

Nun lieber Hofrath, greift rasch zum Werke.

KASPER.

Ach hätt ich nur Schnaps, noch fehlt mir die Stärke,
Ich habe mich heute so müde regiert,
Ein neues Gesetzbuch zu Ende geführt.

RITTER.

Das nenn ich ja recht im Großen spaßen,
Da mag das Volk euch hier weidlich hassen.

KASPER.

Das Volk ist in uns, wir sind im Volke!
Das Volk ist eine ungestaltete Wolke,
Ich und der Kaiser, wir sind die Winde,
Wir blasen bald stark und bald gelinde,
Und wenn wir einander entgegenblasen,
Da stehet sie stille mitten im Rasen.

RITTER.

Das schiene mir noch besonders gescheidt.

KASPER.

Auch ist es das Beste in unsrer Zeit,
Wer stehen bleibt, kann der andern lachen,
Die fielen und sich die Hälse brachen.
Nun seht nur, wie bei Regierungsgedanken
Die Arbeit sich fördert, vereint sind die Blanken,
Der Dachstuhl beendet, mit Ziegeln behangen,
Jetzt thuts mir recht nach Ruhe verlangen.

RITTER.

Das Haus ist gut, jetzt möcht ich nur noch,
Daß du mir stießest in den Thurm ein Loch.

KASPER.

Wozu denn das? Da kämen wir ja
Dem Bette der hohen Kaiserin nah.

RITTER.

Ich möchte so gern die Kaiserin sehen,
Der Kopf soll ihr nicht auf dem Rumpfe stehen,

Sie soll ihn nach Gefallen, um ihn zu kühlen,
Herunter nehmen und damit spielen.

KASPER.
Das ist ja erstaunlich, das muß ich gestehen,
Das Wunder möchte ich gerne ansehen.
Er hält sie so heimlich, daß keiner sie sah,
Ich meinte schon oftmals, sie sey gar nicht da.

RITTER.
Dies Spiel mit dem Kopf solls eben seyn,
Warum er niemand zu ihr läßt herein.

KASPER.
Ich muß sie sehen, ich breche das Loch,
Es koste mein Leben, ich thue es doch.

RITTER.
Das Loch ist schon fertig, o Glück sie zu sehen.

KASPER.
Ich kann an dem Kopf nichts besondres sehen,
Ich möchte ihr einen Stoß mit der Kelle geben,
Ob ich ihr könnte den Kopf abheben.

RITTER *er zerhaut ihn mit dem Schwerdt.*
Du wolltest sie schlagen, du dummer Tropf.

KASPERS *beide Hälften schreien.*
Ich will nur probiren den Kopf.
Ich will nur probiren den Kopf.

RITTER.
Ich bin verwundert, wo steht nur der Kopf.
Je mehr ich Stücken aus ihm mag hauen,
Je mehr sie fragen und wollen schauen,
Ich will euch stecken in meinen Suppentopf,
Den ich für die ganze Schiffskompagnie trage,
So läßt er doch endlich die neugierige Frage.

KASPER *im Topf.*
Kopf! Kopf! Kopf!
RITTER.
Das klinget wie kochendes Wasser am Feuer,
Das will ich ihm gönnen zur fröhlichen Feier.
Denn jetzt, wo das schwerste Werk ist vollbracht,
Die Liebesflamme gedoppelt erwacht.

KAISERIN *von oben.*
> Da will ich eilig zu dir gehen,
> Sie könnte ausgehen.

RITTER.
> Das fürcht ich selber und rathe zur Eile,
> Die Liebe vergeht durch die Langeweile.

KAISERIN.
> Ich rutsche durchs Loch, jetzt bleib ich stecken,
> Die Krone bleibt hängen an allen Ecken.

RITTER.
> Ich flehe, die Krone rasch abzulegen,
> Die Kronen sind nicht der Liebe Segen.

KAISERIN.
> Ein edles Herz kann Kronen vermissen,
> Ich habe sie unter das Bette geschmissen.
> Ich häng in der Luft, stell dich hier unter,
> Auf deinen Kopf, da springe ich munter.

RITTER.
> Mein Kopf kriegt einen gewaltigen Stoß,
> Mir wars, als schlug mich mein schwerstes Roß,
> O wäre der Liebe die Schwere genommen,
> Sie wäre so leicht zum Himmel gekommen.

KAISERIN.
> Ich fühle mich freudig gen Himmel getragen,
> Dein Rücken mir scheinet ein himmlischer Wagen.

RITTER.
> Ich fühle mich wie ein Streiter munter,
> Es geht mir die Welt in den Röcken unter.

KAISERIN.
> Der Kaiser hat mich nie so getragen.
> Ich möchte ihn von dem Throne verjagen,
> Der Eifersüchtge ließ mich verschmachten,
> Den Kaiser muß ich von Herzen verachten.

RITTER.

Der Kaiser scheint ein gemeiner Hund,
Der gar nicht paßt an die Tafelrund.

KAISERIN.

Er ist ein alter Krippensetzer,
Ich entsage hiemit dem alten Schwätzer,
Und schenk dir den Ring, den er mir schenkte,
Als er mich mit der Verlobung kränkte.

BEIDE.

Der Ring hat uns verbunden
Zu heimlich selgen Stunden.

RITTER.

Die Vorsicht soll uns schützen.

KAISERIN.

Die Ohren will ich spitzen.

BEIDE.

Daß niemand uns beschleiche,
Wenn ich den Mund dir reiche.

RITTER.

Ich höre etwas gehen.

KAISERIN.

Es wär' um mich geschehen.

BEIDE.

Ich hör, daß einer poche,
Jetzt eilig zu dem Loche.

Die Kaiserin steigt durch das Loch nach ihrer Kammer.

KAISER *von innen.*

Wie könnt ihr denn die Thüre zumachen?

RITTER.

Ich soll ja des Kaisers Thüre bewachen.

KAISER.

Daß niemand zur Thür hinein soll kommen,
Dafür seyd ihr hier angenommen.

RITTER.

Wer weiß, ob ihr nicht des Kaisers Stimme nachmacht,
Da werd ich von euch nachher ausgelacht,
Will erst durchs Schlüsselloch euch besehen,
Eh ich den Schlüssel wage umzudrehen.

KAISER.

Nun sehet nur recht mein kaiserlich Gesicht.

RITTER.

Ich sehe ein dickes Fleisch, das spricht,
Jetzt seh ich die Krone, und öffne die Thür.

KAISER.

Für diese Vorsicht empfange von mir,
Den großen Orden vom Hosenträger,
Du scheinest mir gar ein tapferer Schläger.
Sag an, hast du nicht den Kanzler gesehen,
Ich kann allein die Maschine nicht drehen.

RITTER.

Er ist gegangen zum dunkelen Wald,
Er holt noch Bauholz und kommt wohl bald.

KAISER.

Ich meine, das Haus sey schon beendet.

RITTER.

Es fehlt noch die Kunst, die alles vollendet,
Die Widderköpfe an allen Säulen,
Die müssen die Ritzen der Balken ausheilen;
Wir schmückens in reinem griechischen Styl,
Hier koch ich im Topfe der Zierrathen viel.

KAISER.

Der Widderkopf hier, ich muß es gestehen,
Thut meinem Rathe etwas ähnlich sehen.

RITTER.

Ein jeder Mensch hat etwas vom Thiere,
Damit er sich nicht zu edel aufführe.

KAISER.

Nun sagt mir Freund, ich staune schon lange,
Was dort für ein Ringlein am Finger euch prange.

RITTER.

Die liebliche Braut, sie hat ihn geschenkt,
Und wie ich ihn küsse, sie meiner gedenkt.

KAISER.

Das ist doch gar ein kurioses Ding,
Meiner Frau verehrt ich einen gleichen Ring.
So ähnlich hab ich noch gar nichts gesehen,
Ich muß zu meiner Gattin gleich gehen,
Ja nehmt es nicht übel, ein Spas fiel mir ein,
Ich werde gleich wieder bei euch seyn.

VIII.

RITTER.
  Frau Kaiserin, ich reich dir durchs Loch den Ring,
  Unser Leben am seidenen Faden hing,
  Gleich leg dich mit Krone und Ring in das Bette.

KAISERIN *von oben.*
  Der Alte soll kommen, er dient zum Gespötte.

KAISER *tritt in das Zimmer der Kaiserin.*
  Die Kaiserin schnarcht, nur Unschuld kann schnarchen,
  Die Sünde träumet ganz stille vom Argen,
  Ich will mit Vorsicht zum Bette hinschreiten,
  Ich möchte nicht gern mit ihr mich streiten,
  Und manche Leute, wenn sie schnell erwachen,
  So schlagen sie um sich wie die Drachen,
  Liebes Kind, ich küsse dir gerne die Hand.

KAISERIN.
  Ich geh dir eine, die ist verwandt.

KAISER.
  Victoria, die Ohrfeig that weh,
  Doch meinen Ring ich wiederseh,
  Schon dacht ich, es sey ein Liebeszeichen,
  Das sie dem fremden Ritter thät reichen.
  Nun gute Nacht.

                              Ab.

KAISERIN.
  Jetzt bin ich erwacht,
  Und rufe dir nach, statt Lebewohl,
  Daß dich der Teufel hol.
  Hört, Ritter, der Alte war richtig betrogen,
  Ein neuer Anschlag sey jetzt vollzogen,
  Ich ziehe gleich an verkehrte Kleider,
  Die gute Seite, die kennet er leider,
  Dann komm ich zu euch durchs Loch ins Haus,
  Und ihr bereitet da einen Schmaus,
  Und bittet den Kaiser und ihm erzählt,
  Ich sey die Braut, die ihr erwählt,
  Die auf dem Schiffe jetzt nachgekommen,

Und euch zum Manne sich angenommen,
Er möchte uns segnen mit guten Gaben,
Dann können wir auf dem Schiffe abtraben.

RITTER.
Du bist gescheidt, mein Herz schlägt munter,
Nur komme eilig durchs Loch herunter.

KAISERIN *kommt herab.*
Jetzt ging es leicht, weil ich mich nicht geziert,
Gewohnheit ists, was die Welt regiert.
Jetzt sorge nur rasch für Küch und Keller,
Der König segnet aus Eßlust viel schneller.

RITTER.
Da haben wir ja den zerstückten Rath,
Verzehret stört er uns nicht durch Verrath.

KAISERIN.
Nein, das ist gegen alles Gefühl,
Menschenfleisch ekelt selbst im Schattenspiel.

RITTER.
Da find ich noch Krümeln von Schiffszwieback,
Wer weiß, ob er die nicht essen mag.

KAISERIN.
So lade den Kaiser ganz eilig ein,
Und bitte ihn selbst um etwas Wein,
Der wird uns auf dem Meere behagen,
Ich kann die Seefahrt nicht gut vertragen.

RITTER *geht durch die Schloßthüre ins Thronzimmer.*
O Glück und Wonne in lichter Sonne,
O liebliche Luft voll Blumenduft!
Luft, die meine Geliebte getrieben,
Und in die weissen Segel blies,
Die muß ich vor allem auf Erden lieben,
Und sie mit schönstem Tone begrüß,
Wellen, die meine Geliebte getragen,
Und sie gespiegelt in schimmernder Lust,
Die seh ich im Meere noch heftig schlagen,
So schlägt mir das Herz in meiner Brust,
O freundliche Wellen, ihr wollt uns gesellen,
O lieblicher Wind, du führtest mein Kind.

KAISER.
Ich hab kein Wort von dir verstanden,
Ach warum kam der Kasper mir abhanden.

RITTER.
Nun, gnädger Herr, mit dem Dienst ists aus,
Ich muß heut wieder zurück nach Haus,
Die Braut ist eben mir nachgekommen,
Und hat mich gleich zum Manne genommen,
Ich wollte euch bitten auf Schiffszwieback
Und auf eine gute Prise Taback,
Und daß ihr den Wein könnt selber mitbringen,
Damit die Gläser recht fröhlig erklingen.

KAISER.
Ich komme sogleich, ich stelle mich ein,
Ich meine euch toll, mags selber wohl seyn.

RITTER.
Vergesset nur nicht den herrlichen Wein.

Ab.

RITTER *kommt zurück ins Thürsteherhaus.*
Der Kaiser und der Wein, sie werden gleich kommen.

KAISERIN.
Ich schnüre mich auf, ich werde beklommen.

RITTER.
Fast habt ihr mich zu solchem Spaße verführt,
Wobei ihr nun alle Haltung verliert,
Eure Ärme fächeln wie Windmühlenflügel,
Ich höre den Kaiser, er öffnet den Riegel.

KAISER *kommt.*
Nun seyd mir gegrüßet, schöne Braut,
Es ist mir, als hätt ich euch sonst schon geschaut.

RITTER.
Sie hat ein recht allgemeines Gesicht,
Sie ist noch blöde und wenig verspricht,
Doch wird sie euch bald viel besser gefallen.

KAISER *vor sich.*
Die Eifersucht will mich schier anfallen.

Laut.

Ihr habet so etwas in eurem Wesen,
Ich hätte euch selber zur Kaiserin erlesen.

KAISERIN.
Ihr wollet nur spotten, ich weiß noch nicht,
Wie man zu großen Kaisern spricht,
Welcher Fuß im Knien voraus zu setzen,
Auch weiß ich von Politik wenig zu schwätzen.

RITTER.
Zum Teufel, das Knixen doch endlich laß,
Du scheinst ein lebendiges Butterfaß.

KAISER *vor sich.*
Meine Weisheit kommt noch heimlich von Sinnen,
Wär meine Frau nicht im Thurme drinnen,
Ich glaubte sie in der Braut zu sehen,

Vor Neugier bleibt mir mein Herz still stehen,
Ob meine Frau im Bette noch liegt,
Oder ob sie mich mit dem Ritter betrügt.

RITTER.
Mein gnädiger Herr, ihr scheint nicht vergnügt.

KAISER.
Ein Wunsch, mein Fräulein, im Sinne mir liegt,
Es spricht so schön euer rother Mund,
Mir wäre ein Küßchen darauf gesund.

RITTER.
Das darfst du dem Kaiser nicht versagen,
Ein Küßchen in Ehren kann niemand abschlagen.

KAISERIN.
So küsset mich, Herr, auf meine Stirn.

KAISER *küßt sie.*
Sie schmecket so süß wie die beste Birn.

Vor sich.

Sie schmecket so ganz wie meine Braut,
Ich fahre vor Eifersucht aus der Haut.

Laut.

Es schmeckte der Kuß so trefflich gut,
Er hat mir erweckt mein ganzes Blut,
Ich will zum Feste die Kaiserin bringen,
Sie soll uns heut was Lustiges singen.

Ab.

RITTER.

Jetzt rasch durchs Loch und umgekleidet,
Sonst wird uns der ganze Spas verleidet.

KAISERIN *klettert hinauf.*

Der Kaiser eilet auch gar zu sehr,
Kaum kann ich mich legen ins Federmeer.
Es sitzet die Krone noch gar nicht fest,
Und schon kommt der Kaiser gestapelt ins Nest.

KAISER *tritt oben ein.*

Da liegt sie ganz stille, ich dachte recht schlecht,
Das kommt von dem Warnen gegen's schöne Geschlecht,
Ich lasse jetzt alle Bücher verbrennen,
Worin man ein Weib wagt untreu zu nennen.

Laut.

Geliebte Kaiserin, jetzt komme herunter,
Bei meinem Thürsteher, da ist es munter,
Der will, was man nennt, heut Hochzeit machen,
Da kannst du mit tanzen, da kannst du mit lachen.

KAISERIN.

O sage, du Herrscher, zu welcher Strafe
Erweckst du mich stets aus meinem Schlafe,
Es würde sich doch für mich nicht schicken,
Daß ich da tanzte mit Domesticken.

KAISER.

Das nenne ich gute Zucht und Sitten,
Nein, Hoheit, ich will dich darum nicht mehr bitten,
Weil du die Etikette verstehst,
Du nimmermehr im Gespötte vergehst.

Aus dem Zimmer der Kaiserin ab.

KAISERIN *steht auf.*

Jetzt werf ich die Krone in tausend Stücke,
Sie war nur zu meinem Glücke die Brücke.
Den Scepter steck ich mir in die Tasche,
Wenn ich den Ritter einst überrasche,
Daß er sich meinen Befehlen nicht fügt,

Damit ihn dann mein Ansehn besiegt.
Erfahrung macht uns Weiber klug,
Doch klüger macht uns der Betrug.

RITTER *von unten.*

Ach, Kaiserin, bist du noch nicht fertig,
Ich bin des Kaisers schon lange gewärtig,
Und ihr Matrosen, kommt eilig herbei,
Und macht von der Abfahrt großes Geschrei.

KAISERIN *kommt herab.*

Wie ein Schornsteinfeger rutsch ich herab,
Und kehre nimmer zu diesem Grab,
Zu diesem alten gelben Thurm,
Bald spielet mit uns der Meeressturm.

XII.

KAISER *kommt ins Wachthaus zurück.*
> Ei, ei, hier war ein Poltern im Haus,
> Ich glaube, ihr werdet vertraulich beim Schmaus.

RITTER.
> Ach leider, wir weinten so bittere Thränen,
> Der Seufzer will ich gar nicht erwähnen,
> Die Schiffsleute treiben uns fort von hier,
> Der Wind sey günstig, sagten sie mir.

MATROSEN *kommen.*
> Der Wind ist gut,
> Das Schiff ist flott,
> Auf, junges Blut,
> Vertrau auf Gott,
> Er führt uns nah, er führt uns weit,
> Er führt uns in die Ewigkeit.

KAISER.
> Zur Ewigkeit ist eine weite Reise,
> Ei, bleibt noch hier und trinket euch erst weise,
> Und dieser Wind wird nicht der einzge seyn,
> Er blaßt wohl morgen auch noch munter drein.

MATROSEN.
> Der Wind ist gut,
> Das Schiff ist flott,
> Und wer jetzt ruht,
> Der wird zum Spott,
> Wer einen guten Wind versäumt,
> Der hat sein bestes Glück verträumt.

RITTER.
> Ihr seht, mit diesen Leuten ist nicht viel zu spaßen,
> Sie haben derbe Fäuste zum Anfassen.

KAISER.
> Ach Ritter, ich gäbe euch gerne was mit,
> Euer Fräulein hat Kleider von schlechtem Schnitt.
> Ich will zu meiner Frau gleich gehen,
> Die wird sie willig mit bessern versehen.

MATROSEN.

    Kein Augenblick
    Sey mehr versäumt,
    Des Sturmes Tücke
    Das Meer jetzt räumt,
    Und blauer Himmel überall
    Und aller Vögel Wunderschall.

KAISER.

    Ja wär mein Kasper nur zurück,
    So störte nichts der Abfahrt Glück,
    Doch der muß euch erst Pässe geben,
    Sonst kommt ihr nicht davon mit dem Leben.

RITTER *vor sich.*

    Ich hol den Kanzler aus dem Topf,
    Er bleibe bei dem armen Tropf.

                          Laut.

    Da kommt der Kanzler schon angegangen,
    Nach Pässen habe ich kein Verlangen,
    Weil ich sie alle mir selber kann schreiben,
    So darf ich länger nicht hier verbleiben.

KAISER.

    Wenns also ist, so fahrt mit Gott,
    Aufm Meere scheint mein Name ein Spott,
    Dieweil ich nicht kann die Seefahrt ertragen,
    So mögen die Schiffer nicht viel nach mir fragen.

RITTER.

    So ist es leider, mein gnädiger Kaiser,
    Doch ihr seyd drüber hinaus als Weiser.

                          Vor sich.

    Ich kann das eine Bein noch nicht finden,
    Sonst thät ich den Kanzler ganz eilig verbinden.

KAISER.

    Ihr sehet den Kanzler, ich seh ihn nicht.

RITTER.

    Jetzt ist er recht nahe euch im Gesicht.

                          Vor sich.

Das Bein ist da und auch das Gesicht,
Wir müssen fort, noch ehe er spricht.

Laut.

Nun werdet ihr ihn doch erblicken.

KAISER.
Es will mir wirklich noch nicht glücken.

KAISERIN.
Er steht ja vor euch so kurz und so breit.

KAISER.
Ich dachte, er käm von jener Seit,
Willkommen, du lieber Kasper, mein,
Wir sollen nun wieder alleine seyn,
Geh, küsse die Hand der gnädgen Frau,
Und diesen Wein dem Schiffe vertrau.

KASPER.
Wo ist denn der Kopf, sitzt er jetzt fester.

RITTER.
Ich habe noch nichts getrunken, mein Bester.

KAISER.
Der Kasper spricht ja ganz unverständig,
Ich glaube, wir werden regieren elendig!
So lebt denn wohl, vergeßt mich nicht.

KAISERIN.
Das wäre die allerschlimmste Pflicht,

RITTER *steigt mit ihr ein.*
Lebt wohl, mein Kaiser, grüst eure Frau,
Wie kommt es, daß sie nicht niederschau.

KAISER.
Das dumme Ding kommt nicht ans Fenster,
Der Hochmuth macht ihr solche Gespenster,
Es ist doch lustig anzusehn,
Wie sich die Segel alle drehn!

KASPER.
Aber Herr, die Kaiserin zieht ja fort,

Wie kann sie denn sehen aus dem Schlosse dort.

KAISER.

Nicht wahr, sie gleicht der Kaiserin sehr
Erst dachte ich auch, daß sie es wär,
Doch meine Frau, die schnarcht jetzt im Schlosse,
Der Ritter wär ihr ein schlechter Genosse,
Sie liebet so hübsche runde Leute,
Wie ich es bin – ich heirath sie heute.

RITTER *auf dem Meere.*

Lebt wohl, eure Braut ich stohl.

KAISERIN.

Allzu lang litt ich eurer Liebe Zwang.

MATROSEN.

Hat der Wind uns erst ergriffen,
Lachen wir des festen Lands,
Und dies Lied wird da gepfiffen:
Wind, der achtet keines Stands;
Ob ein Kaiser unterm Segel,
Oder ein gemeiner Flegel,
Ist dem Winde einerlei,
Keinem Menschen ist er treu,
Doch vor allen mag er necken
Ehekrüppel, Liebesjecken,
Führt einst Helena von dannen,
Weiß die Griechen lang zu bannen,
Die sie suchen auf dem Meer,
Liebe führt er leicht daher,
Liebe führt er schnell zum Ziel,
Nun Ade, du Possenspiel.

Das Schiff verschwindet.

KAISER.

Ich werde aus dem allen nicht klug.

KASPER.

Die Kaiserin weiß wohl mehr als genug.

KAISER.

Ich will bei ihr nach allem fragen.

KASPER.

Ach laßt das in so betrübten Tagen,
Wer viel frägt, der muß viel hören,
Und schweigen wir, bleiben wir alle bei Ehren,
Ich habe doch mehr als ihr ausgestanden,
Mir kamen ein Dutzend Glieder abhanden,
Und in den andern ist keine Besinnung,
Und in dem Kopfe ein großer Sprung.

KAISER.

Ich ahnde schlimme Verwechselung,
Die Kaiserin mir vielleicht entsprung?

KASPER.

Ich meine, ihr habt ganz recht gerathen.

KAISER.

Was soll ich beginnen bei solchen Unthaten?
Mich hält ein jeder künftig zum Narren,
Und meinet, ich hätte wie ihr, einen Sparren.

KASPER.

Ich meine, wir schleichen uns sachte fort.

KAISER.

Und sehen aus einem versteckten Ort.

KASPER.

Wer künftig in unserm Schloß wird regieren.

KAISER.

So werden wir auch die Leute anführen,
Wir sind dann die Narren nicht allein,
Ein jeder Bürger wird angeführt seyn.

Beide ab in den Wald.

Zweiter Aufzug

I.

CHOR DER SCHLOSSGEISTER.
　　Aus den ersten stürmenden Tagen,
　　Wo der glühende Schöpfungswagen
　　Nahe der gährenden Erde fuhr,
　　Steiget die bildende Kraft der Natur,
　　Was sie thut, das muß sie vollbringen,
　　Ohne Freiheit ein Allesgelingen,
　　Denn sie thut nur, was fordert die Noth.
　　Auch der Mensch folgt ihrem Gebot,
　　Seine Gesetze sind ewige Schranken,
　　Seine Träume ewge Gedanken,
　　So entwickelt sich Menschenkraft,
　　Die in spielender Freiheit schafft,
　　Und es geschieht das göttlich Freie,
　　Und er empfängt des Glaubens Weihe.
　　Herrlich ist nur, was frei geschaffen,
　　Was sich versündgen kann und sich bestrafen,
　　Und so steiget im Menschengeschlecht
　　Frei empor, was nichtig und schlecht,
　　Und die Geschlechter wachsen, vergessen,
　　Was sie einst als Höchstes besessen,
　　Lassen die Erde aus ihrer Haft,
　　Wo sie gebunden von Schöpfungskraft,
　　Und sie tritt zerstörend hinaus,
　　Freies Wirken erlischt in Graus.

DER TEUFEL *steigt aus der Regierungsmaschine heraus.*
　　Verlassen steht der mächtge Thron,
　　Da kann ich sprechen der Welt Hohn,
　　Die Regierungsmaschine ist unbesetzt,
　　O süße Bosheit, wie wirst du ergötzt,
　　Wie will ich spotten der ganzen Welt,
　　Wenn sie in sich selber zerfällt.
　　Ich nehme die Krone, ich nehme das Kleid,
　　Und geheiligt erschein ich der Welt zum Leid,
　　Ihr Menschen, kommet einmal herbei.

MENSCHEN.
　　Sey uns gegrüßt mit Freudengeschrei,
　　In unsern Festen, mit schönen Künsten.

DER TEUFEL.

Ihr ehrt mich allein in Feuersbrünsten,
Wenn ihr geistige Thorheit vergeßt,
Euch unter einander gierig auffreßt
Das Eine ist nur nöthig der Welt,
Der Krieg allein mir wohlgefällt,
Die Taktick ist menschliche Wissenschaft,
Die Kunst ist eine niedere Kraft.

MENSCHEN.

Hohe Weisheit. Unsre Kunst war nichts werth,
Nur der Waffenklang Menschen belehrt,
Fechtet, streitet, wer übrig bleibt,
Das Paradies auf Erden beschreibt.

Sie fechten.

TEUFEL.

Ha, wie sie sich im Streit ermüden,
Bald haben wir nichts als Invaliden,
Jetzt, dumme Thiere, kommt eilig herbei,
Ich mache euch jetzt vom Menschenjoch frei,
Kein Mensch darf mehr euch Ochsen braten,
Die Affen dürfen die Menschen heirathen,
Die Offenbarung wird abgeschafft,
Sie würd' euch schützen, hätte sie Kraft.

MENSCHEN.

Wir armen müden lahmen Leute
Werden nun sicher der Thiere Beute,
Nachdem wir für deinen Thron gestritten,
Begeisterung ist uns ganz abgeschnitten.

THIERE.

Wir danken für die Gerechtigkeit,
Die uns versaget so lange Zeit,
Jetzt wollen wir uns an Menschen rächen,
Und ihnen das hohe Genick zerbrechen,
Bis sie auch gehen auf allen vieren,
Gleich uns andern edleren Thieren.

TEUFEL.

Ihr kämpft für den größten unendlichsten Wahn,
Und große Seelen erzieht große Bahn.

KROKODILL.

Mein gnädiger Kaiser, ich bin so beschämt,

Daß ihr mir jetzt die Nahrung nehmt;
Wenn ihr die Menschen laßt alle verderben,
So muß ich endlich selbst Hunger sterben.

TEUFEL.
Das Krokodil! hat verständige Art,
Ich befehl euch, setzt ihm Menschen apart,
Es hat sich immer als Leckerbissen,
So nach der Mahlzeit einen zerrissen,
Das soll man dem lieben Thiere noch gönnen,
Es wird ihm dabei so sauer das Rennen,
Das liebe Würmchen ist steif in dem Rücken,
Da wußten die Menschen es oft zu berücken,
Jetzt soll man die Menschen halten und binden,
Da kann es sie nach Gefallen schinden.

ESEL.
Mein gnädger Kaiser, ich will Gerechtigkeit,
Ich bin der Prügel gewohnt zur Zeit.
Mir juckt der Rücken, wenn sie mir fehlen,
Da bitt ich euch, dem Menschen zu befehlen,
Daß er mir gebe der Prügel so viel,
Als mir nöthig nach meinem Gefühl.

TEUFEL.
Das ist verständig, ich muß es gestehen,
Einem jeden Thiere soll seine Lust geschehen.

II.

Kaiser und Kasper werden von einem Affen an einem Strick geführt und müssen Kunststücke machen.

AFFE.
> Aufgeschaut, ihr lieben Thiere,
> Seht, wen ich am Stricke führe,
> Die beiden kleinen dicken Leute,
> Die fand ich im Walde mit großer Beute,
> Der eine trug eine goldne Krone,
> Die trage ich jetzt zu seinem Hohne.

KAISER.
> Es sind ja unbegreifliche Dinge,
> Daß ich nicht befehle und daß ich mich zwinge.

KASPER.
> Es muß sich alles geändert haben,
> Während wir nach den Trüffeln gegraben.

TEUFEL.
> Ihr Herren, wenn es euch hier nicht gefällt,
> So hab ich noch drunten die Unterwelt,
> Der Eingang ist die Regierungsmaschine,
> Wollt ihr besehen die höllische Bühne.

KAISER.
> Ich will gar gerne zum Höllengraus,
> Damit ich nur komme zur Welt hinaus,
> Ach hätt ich geglaubt, daß solche Noth
> In aller Welt um das tägliche Brodt,
> Ich hätte sicher mit Fleiß regiert,
> Und kein so faules Leben geführt.

TEUFEL.
> Jetzt ist es zu spät, jetzt geht nur hinein,
> Wo ihr ins künftge sollt ewig seyn.

KAISER *steigt in die Maschine.*
> Ich sage euch meinen verbindlichsten Dank,
> Doch finde ich etwas enge den Gang.

TEUFEL.

Eure gute Braut mußte durch ein engeres Loch,
Eh sie aus eurem Schloß zur Freiheit kroch.

KASPER.

Der gnädige Kaiser mit seinem Bauch
Verstopft mir den Gang, das ist kein Brauch.

TEUFEL.

Was brachst du ein Loch, die Kaisrin zu sehen,
Jetzt mußt du länger im Dunkeln stehen.

KASPER.

Seine Majestät bleiben hier schlafend stecken.

TEUFEL.

So mußt du ihn mit Fußtritten wecken.

KASPER.

Jetzt rollet er ganz glatt herunter;
Es ist hier in der Hölle doch munter.

III.

MENSCHEN.
>Wir möchten auch gern ein Plätzchen da kriegen,
>Wir gingen zur Hölle mit rechtem Vergnügen.

TEUFEL.
>Ich will sehn, was ich thun kann,
>Die Hölle ist nicht für jedermann,
>Man muß sich Verdienste um mich erwerben,
>Sonst laß ich euch nicht so leicht hier sterben.

MENSCHEN.
>Ach gnädger Herr, dich unsrer erbarm,
>Die Welt ist kalt, die Hölle ist warm.

TEUFEL.
>Ihr sollet dienend zur Hölle mich führen,
>Zum Zeichen, wie gut ich euch kann regieren.

MENSCHEN.
>Der Siegeswagen ist schon bereitet.

TEUFEL.
>Auf lustig zum Höllenthor niederschreitet.
>Ade du Welt, voll wilder und dummer Thiere,
>Es lohnt nicht der Mühe, daß ich dich regiere.

Teufel und Menschen ins Höllenthor.

OCHS.

    Seitdem mir der Mensch kein Heu mehr reicht,
    Mir alle Kraft aus den Knochen entweicht.

ESEL.

    Sonst hatten wir's so bequem im Stall,
    Nun werden die Bissen mir gar zu schmal.

BIENE.

    Ich sinke in meinem Honig unter,
    Sonst ging mir die Arbeit so rasch und munter.

HUHN.

    So soll mich doch Gott davor behüten,
    Daß ich soll all meine Eier ausbrüten.

WEISSFISCH.

    Wenn die Hechte nicht weggefangen werden,
    So bleibet kein Weißfisch hier auf der Erden.

HIRSCH.

    Mir wachsen so entsetzlich lange Geweihe,
    Daß ich nach dem Tode mit Sehnsucht schreie.

HUND.

    Ich hätte jetzt rechte Lust, dich zu hetzen,
    Doch ohne Jäger kannst du mich verletzen.
    Ach kämen die Menschen doch nur bei Zeiten,
    Wir wollten sie selbst zum Throne leiten,
    Und wollten mit allen unsern Kräften
    Sie schützen in ihren Regierungsgeschäften.

STORCH.

    Ihr Freunde, ich sehe ein Schiff von weiten.

PFERD.

    Ach Jubel, da werden die Menschen mich reiten.

OCHS.

    Da müssen wir gleich entgegenkommen.

ESEL.

> Damit sie sich fühlen gut aufgenommen,
> Die Eselinnen kleiden sich weiß,
> Und tragen ein grünes Friedensreis,

OCHS.

> Auf weissem Küssen die Kaiserskron,
> Die locket Menschen auf unsern Thron.

V.

Die Engel ziehn das Schiff am Maste gegen das Land, worin der Ritter, die Kaiserin und Matrosen abfuhren.

DIE ENGEL.
> Ihr sehet nicht die hohe Hand,
> Sie führt euch zum Rhabarberland,
> Ihr sollt die Thiere zu Menschen erziehen,
> Das ist ein göttlich reines Bemühen.

MATROSE.
> Ritter, welch Wunder ich euch verkünd,
> Es geht das Schiff heut gegen den Wind.

RITTER.
> So müßt ihr lavieren, das ist das Best'.

MATROSE.
> Eine höhere Hand hält uns hier fest.

KAISERIN.
> Wir sind verloren an dieser Küste.

RITTER.
> Die gute Sache mit Muth dich rüste.

MATROSEN.
> Umsonst ist unser Widerstand,
> Uns führet cinc höhre Hand.

KAISERIN.
> Wir sind verloren in diesem Land,
> Der Kaiser ist sicher von Wuth entbrannt.

RITTER.
> Ich schütze dich, schöne Kaiserin,
> Mein Leben geh ich für deines hin.

MATROSEN.
> Ei seht doch, Herr Ritter, den Kreis von Thieren,
> Sie halten die Krone in ihren vieren.

RITTER.

    Gewiß war hier eine Staatsaction,
    Rhabarber herrschet nicht mehr auf dem Thron.

ESEL.

    Als Redner bin ich hier vorgetreten,
    Ihr guten Menschen, seyd freundlich gebeten,
    Hier anzulegen. Steiget ans Land,
    Nehmet die Krone aus meiner Hand,
    Wir fürchten, sie möchte noch endlich platzen,
    Wenn wir drauf tappen mit unsern Tatzen.

RITTER.

    Ich setze sie meiner Frau auf das Haupt,
    Die ihrer Krone durch mich ward beraubt.

THIERE.

    Wir schwören euch Treue, daß alles schallt,
    Und illuminiren den ganzen Wald,
    Es lebe der Kaiser, die Kaiserin,
    Wir gehorchen euch in treuem Sinn.

RITTER.

    Nun saget mir doch, ihr lieben Thiere,
    Wie kommts, daß ich keine Menschen verspüre.

ESEL.

    Den Kaiser, den Kasper, die Menschen alle
    Hat der Teufel gelockt in eine Falle;
    Sie gingen in die Maschine hinein,
    Der Himmel weiß, wo sie jetzt mögen seyn.

RITTER.

    Ihr Freunde, nehmt die Regierungsmaschine,
    Sie hat vernichtet alles Freie und Kühne,
    Und werfet sie in das tiefe Meer,
    Damit uns kein unnütz Gesetz mehr beschwer,
    Dann leben wir hier wie im Paradies,
    Das uns der Himmel nach Leiden verhieß.

KAISERIN.

    In deiner Lieb ist mein Paradies,
    Wo mich sonst jede Freude verließ.
    Wir wollen in Lieb und Beschaulichkeit
    Nun treiben unsere Ewigkeit.

MATROSEN.

> O selige Fahrt
> Zum Paradies,
> Er hat uns bewahrt,
> Der's allen verhieß.

THIERE.

> Wie hat sich doch alles zur Freude gewendet,
> Ihr Hörer, jetzt klatschet, das Spiel ist geendet.